Women Holding Things

Women Holding Things

Maira Kalman

추천의 글

가끔 세수를 하다 말고, 동그랗게 모은 두 손을 가만히 바라보곤 한다. 거기에는 아무것도 없는 것도 같고 모든 게 들어 있는 것도 같다. 그러나 나는 그 자리에서 무엇도 선택하지 않을 수 있다. 무엇이든 놓이도록 둘 수 있다. 때로는 책이 놓이고 때로는 얼굴이, 때로는 사랑하는 사람의 손이 오고 가는 그 자리를 이 책은 가만히 바라본다. 무엇이 손바닥에 놓일지는 삶에 맡겨두고 다른 이의 손바닥에 무엇을 놓을지 생각하라고 이야기해주기도 한다. 언젠가 내가 사라질 세상에서도, 그 자리에는 여전히 물건들과 기억과 사랑이 오고갈 것이다. 나 역시 다른 이의 손을 소중히 스쳐갈 따름이므로.

김겨울 (작가)

마이라 칼만의 독특한 책들은 늘 묘한 전율을 선사한다. 텍스트와 이미지의 경계를 자유로이 넘나들고, 픽션과 논픽션의 구분을 과감히 무너뜨리는 책들. 언젠가 나도 그 책들처럼 나만의 고유한 언어를 만들어 가장 내밀한 무언가를 펼쳐 보이리라 꿈꾸고 기대했다. 이토록 새롭고도 근사한 화법을 만들어내는 그의 책들을 나는 사랑한다.

윤가은 (영화감독)

여자들이 무언가를 가지고 있다면 그것은 지니는 것이자 품는 것이 된다. 여자들이 무언가를 들고 있다면 그것은 소중하고 묵직한 것이라 쉽게 놓을 수 없는 것이 된다. 칼만은 완전히 '혼자'일 수 있는 여자는 드물다는 것을 아는 것 같다. 혼자이면서 아기를 돌보고, 혼자이면서 세상을 수선하고, 혼자이면서 고통을 헤아리고, 혼자이면서 사랑을 도모하는 여자들. 이들의 손은 팔이 아니라 마음에서부터 뻗어 나온다.

그림 속 여자들은 오래된 가방처럼, 텅 빈 테이블처럼, 따뜻한 찻잔처럼 있다. 그저 존재한다. 기다리고 움직이고 멈춰 있다. '정지' 상태로 흐른다. 능동과 수동이, 기쁨과 슬픔이 나란한 상태다. 칼만은 'holding'이란 단어를 매 그림 곁에 놓아두었는데, 내게는 그 단어가 세상을 여는 문고리처럼 보였다. 문을 열고 들어가면 기나긴 시간이 눈앞에서 압축해 흘러간 듯한 기분이 든다. 먼 곳까지 흘러갔다 돌아온 기분. 마술이다.

박연준 (시인)

책장을 덮으며 문득 내가 이제껏 붙잡아 온 것, 지금 붙잡고 있는 것, 그리고 붙잡으려 하는 것이 무엇인지 생각해 본다. 그런 생각을 할 때면 몹시 두려워진다. 삶이란 그 무언가를 온 힘을 다해 지켜내고, 다시 그 무언가를 애써 포기하는 일의 연속이니까. 게다가 우리는 알고 있다. 손에서 모래알이 빠져나가듯 결국 그 모든 것을 놓아야 할 때가 온다는 사실을. 때로 그 명료하고 잔인한 사실이 삶의 의지를 모조리 무너뜨리기도 하지만, 역설적이게도 그것이 우리의 삶을 일으키는 가장 강력한 힘이 되기도 한다는 것은 슬픈 아이러니다. 페이지를 넘기며 칼만의 시선을 따라가다 보면, 그런 아이러니와 정면으로 마주하게 된다. 그러나 그것이 결코 회한이나 달관으로 느껴지지 않는 이유는, 다름 아닌 그 부조리야말로 우리의 삶을 빛나게 할 정수精髓라고, 당신을 버티게 해 줄 단 하나의 진리라고, 단호하지만 상냥한 목소리로 우리에게 속삭이기 때문이다. 그래서일까, '꼭 버티세요'라는 마지막 문장으로부터 깊이를 헤아릴 수 없을 만큼의 경험 어린 위로를 받게 되는 건.

김선우(화가)

작은 찻잔 속에서 바다를 발견하게 하고, 사소한 대화 속에서 우주를 느끼게 하는 놀라운 작품. 『마이라 칼만, 우리가 인생에서 가진 것들』의 이야기와 그림은 단순한 기록이 아니며, 우리가 지나쳐온 평범한 순간들을 다시금 특별한 빛으로 물들인다. 이 책을 읽는 건 마치 삶이라는 거대한 직물 속에 새겨진 무늬를 한 땀 한 땀 들여다보는 과정과 같다. 작가의 어머니와 아버지, 이웃과 나눈 일상이 오래된 편지처럼 소중하게 다가오고, 그 속에서 나의 기억과 감정들이 조용히 깨어난다. 책장을 넘길수록, 이야기 속 사소한 물건들이 삶에서 잃어버렸던 조각을 찾아주는 듯한 감정을 불러일으킨다. 독자는 편안히 읽다가도 어느 순간, 책의 시선이 깊숙이 와닿으며 가슴이 묵직해지는 감동을 경험하게 될 것이다. 잊고 지냈던 삶의 아름다움을 다시 깨닫게 하는 한 편의 서정시이자, 우리 모두에게 전하는 다정한 포옹이다.

이소영(미술 에세이스트)

마이라 칼만은 평범함 속에서 장엄함을 포착하는 흔치 않은 철학자다. 꽃, 사랑하는 사람, 슬픔, 풍선, 질투, 희망. 이 책은 우리가 삶에서 가지는 모든 것들을 기념한다. 간신히 참을 수 있는 존재의 가벼움, 그리고 삶의 무게에 관한 마술적인 이야기다.

마리아 포포바(작가)

noli timere
be not afraid

두려워 마세요

한국의 독자들에게

Maira Kalman

여자들은 무얼 가지고 있나?

집과 가족.
그리고 아이들과 음식.
친구 관계.
일.
세상의 일.
그리고 인간다워지는 일.
기억들.
근심거리들과
슬픔들과
환희.
그리고 사랑.

남자들도 그렇긴 하지만, 그닥
비슷한 방식은 아니다.

What do women hold?

The home and the family.
And the children and the food.
The friendships.
The work.
The work of the world.
And the work of being human.
The memories.
And the troubles
and the sorrows
and the triumphs.
And the love.

Men do as well, but not
quite in the same way.

때로, 이런 느낌이 들 때가 있다.
특별히 행복하거나 만족스러운.
그럴 땐 수많은 사람을
내가 다 먹여 살릴 수 있을 것만 같다.
온 세상을 품에 안을 수 있을 것만 같고.

하지만 어떨 땐, 작은 방조차 겨우 가로지른다.
나는 두 팔을 축 늘어뜨린다. 얼어버린다.

Sometimes, when I am feeling
particularly happy or content,
I think I can provide sustenance
for legions of human beings.
I can hold the entire world in my arms.

Other times, I can barely cross the
room. And I drop my arms. Frozen.

그럴 땐

다시금 돌아간다.
나의 할머니,
내 어머니, 내 이모들,
나의 자매, 나의 딸,
내 손녀들,
내 사촌들에게로.
내 친구인
여자들에게로.

우린 숱한 시간 동안
서로 이야기해왔다.

then

I am brought back to
my grandmother,
my mother, my aunts,
my sister, my daughter,
my granddaughters,
my cousins.
The women who
are my friends.

We have spoken to each other
for thousands of hours.

가질 수 있는 모든 것에 대해.
그리고 가질 수 없는 것에 대해.
그리고 정말이지 때로는
물이 손가락을 타고 흐른다.
그리고 정말이지 때로는
케이크들이 구워지고
침대들이 정돈된다.
그리고 책들이 써진다.
침대와
책들과
케이크들.
내 경우엔, 다 갖는 편이 좋다.

About all that can be held.
And not held.
And how sometimes
the water runs through our fingers.
And how sometimes
the cakes are baked
and the beds are made.
And the books are written.
The bed
and the books
and the cakes.
In my case, it is good to hold all.

특정한 무언가를 가진다는 건
참 근사한 일이다.

당신은 거기 서서
      엄청나게 커다란 양배추
      혹은 바이올린
      혹은 밝은색 풍선을
      들고 있다.

그건 그 자체로 일이다.
한 가지만 하는 단순한 행위.

Holding a specific thing
is a very nice thing to do.

You are standing there
    and you hold
        an enormous cabbage.
        Or a violin.
        Or a bright balloon.

That is a job in and of itself.
The simple act of doing one thing.

그리고 아마도 당신과 함께 걷는 누군가는
잠시 무언가를 들어달라고 부탁하겠지.
그가 구두끈을 매는 동안.

대답은 "물론."
"당신이 원하는 만큼."

And perhaps someone you are walking with
will ask you to hold something for a minute
while they tie their shoelaces.

"Of course" is the answer.
"As long as you like."

닭을 들고 있는 여자

woman holding chicken

전지가위를 들고 있는 여자

woman holding shears

자그마한 분홍 컵을
들고 있는 여자

woman holding
petite pink cup

현대미술에
의견을 가진 여자

빨간 풍선 다발을 든 여자

woman holding red balloons

빨간 풍선 다발을 들고
공원을 산책하는 여자

책을 보는 여자

woman holding book

Gertrude Stein
holding true to herself
writing things very few people
liked or even read

거트루드 스타인은
자신에게 진실했고
극히 소수의 사람이 좋아하거나
심지어 읽기도 한 것들을 썼다

아주 오래된 나무에 기대어 있는 이디스 시트웰*
Edith Sitwell holding ancient tree

* 영국의 시인이자 문학비평가(1887~1964)

커다란 책을 안고 있는 이디스 시트웰
Edith Sitwell holding giant book

거대한 바위를 안고
아몬드 꽃 사이를 걷는
내 꿈속의 여자

woman in my dream
walking through almond blossoms
holding a giant boulder

커다란 양배추를 든 짜증이 난 여자

irritated woman holding giant cabbage

궁정을 장악한 여자*

woman holding court

* 그림 속 조각상은 파리 뤽상부르 공원에 있는 잉글랜드의 여왕 마틸다(1031~1083)다.

녹색 탁자에 손을 올린 여자

woman holding hand on green table

석류를 손에 든 여자

석류를 든 이 여자는
예술가 루이즈 부르주아*의 언니다

woman holding pomegranate

the woman holding the pomegranate
is the sister of the artist Louise Bourgeois

* 〈마망〉이라는 커다란 거미 조각으로 유명한 프랑스계 미국인 조각가(1911~2010)

이건 뉴욕에 있는 루이즈의 집이다.
그는 늑대들의 접근을 막아냈다.
더 정확히 말하면, 그들을 불러들였다.

당신도 늑대를 불러들인다면,
더 단잠을 잘 수 있을 것이다.
루이즈가 그랬는지는 확실치 않지만.

This is Louise's home in NYC.
She held the wolves at bay.
Or rather, invited them in.

If you invite the wolves in,
you can probably sleep better.
Though I am uncertain that she did.

* 'hold the wolf at bay'라는 표현은 '문제를 막아내다'라는 뜻의 관용구다.

이건 루이즈의 침대 설치 작품이다.
그의 생각을 담고 있다.
무척 부서지기 쉽지만, 철로 만들어졌다.

Here is her bed installation.
Holding her thoughts.
So fragile, yet made of steel.

하루를
아름답게
가꾸는

월북의

"우리의 희망이 바로 여기에 있었다."

『1일 1클래식 1포옹』 중에서

책─들

www.willbookspub.com

일상을 예술로 만드는 힘

1일 1클래식 1기쁨

경이로운 한 해를 보내고 싶은 당신에게
하루하루 설레는 클래식의 말

클레먼시 버턴힐 지음 | 김재용 옮김

1일 1클래식 1포옹

이번에는 음악이 당신을
끌어안아줄 겁니다

클레먼시 버턴힐 지음 | 이석호 옮김

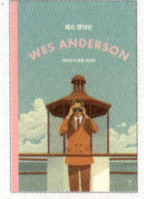

웨스 앤더슨

웨스 앤더슨의 필모그래피를 총망라한
단 한 권의 책

이안 네이선 지음 | 윤철희 옮김

그랜드 부다페스트 호텔

'앤더슨 터치'의 결정체

매트 졸러 세이츠 지음 | 웨스 앤더슨 원작 | 조동섭 옮김

사울 레이터의 모든 것

뉴욕이 낳은 전설, 천재 포토그래퍼
한 편의 시와 같은 컬러 사진들

사울 레이터 지음 | 조동섭 옮김

우리를 둘러싼 모든 색의 세계

컬러의 말

모든 색에는 이름이 있다

카시아 세인트 클레어 지음 | 이용재 옮김

컬러의 힘

내 삶을 바꾸는 가장 강력한 언어

캐런 할러 지음 | 안진이 옮김

컬러의 일

매일 색을 다루는 사람들에게

로라 페리먼 지음 | 서미나 옮김

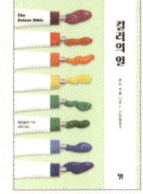

컬러의 시간

케임브리지대 미술사학자가 들려주는
모든 시간의 컬러 이야기

제임스 폭스 지음 | 강경이 옮김

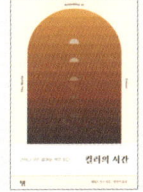

컬러의 방

열한 개의 방, 팔레트 뒤에 숨겨진
색의 이야기 속으로

폴 심프슨 지음 | 박설영 옮김

당신만의 특별한 감각

킨포크 테이블
식사를 함께 나눈다는 것

네이선 윌리엄스 지음 | 박상미 옮김

킨포크 가든
자연의 기쁨을 삶에 들이는 시간

존 번스 지음 | 오경아 옮김

킨포크 트래블
세계를 바라보는 더 느린 방법

존 번스 지음 | 김선희 옮김

킨포크 아일랜드
누구나 마음속에 꿈의 섬 하나쯤은 있다

존 번스 지음 | 송예슬 옮김

더 터치
머물고 싶은 디자인

킨포크, 놈 아키텍츠 지음 | 박여진 옮김

내 눈길을 붙드는 아야나 V. 잭슨*

Ayana V. Jackson holding my gaze

* 미국인 영화감독이자 사진작가(1977~)

정원에서 꿀을 들고 있는
키키 스미스*

Kiki Smith
holding honey
in her garden

* 미국의 조각가이자 사진, 영상, 설치 예술가(1954~)

꼿꼿하게 버티고 있는
오르탕스 세잔*

Hortense Cézanne
holding her own

* 화가 폴 세잔의 아내. 세잔은 오르탕스를 모델로 수십여 점의 초상화를 그렸다.

손녀를 안고 있는
오르탕스

Hortense
holding granddaughter

물컵을 들고
가족과 함께 있는 오르탕스

Hortense holding family
and glass of water

세잔의 체리

여기 세잔의 체리가 담긴 그릇이 있다. 세잔은 바로 이 그릇을 그림으로 그렸다.
그와 그의 아내 오르탕스가 그 체리를 먹었는지는, 알 수 없다.

세잔과 오르탕스가 다투거나 의견이 달랐던 게
어떤 일 때문이었는지, 아니면 사사건건 그랬는지 나는 모른다.
두 사람은 벽을 어떤 색깔로 칠할지, 혹은 의자에 어떤 커버를 씌울지,
혹은 세잔이 오르탕스에게 얼마나 관심을 가졌는지를 두고 다퉜을지 모른다.
혹은 오르탕스가 세잔에게.

그들은 의견이 다르고, 다투고, 부루퉁해지고, 침울해지고, 맥이 빠지고,
그런 뒤에 세잔은 체리 혹은 나무를 그리고, 오르탕스를 그리고
또 그린다고 생각하니 기운이 난다.
그리고 마음이 차분해진다. 그건 하루하루가 투쟁이고,
녹록지 않기 때문이다.
하지만 체리가 담긴 그릇을 그린다는 건, 대단한 일이다.

내 친구(남자)가 말했다. 내 어휘집에서 행복이라는 단어를 삭제하면,
행복해질 거라고. 동의할 수 있을 듯하다.

      어머니도 똑같은 말씀을 하셨지만,
          그땐 너무 어려서 이해하지 못했다.

정원에서 아기를
안고 있는 여자

woman holding
baby in garden

딸을
안고
달래며
위로하는
여자

woman
holding
consoling
and comforting
her daughter

남자(피터 로리*)를 껴안고 있는
여자(로테 레냐**)

woman (Lotte Lenya)
holding man (Peter Lorre)

* 오스트리아·헝가리 제국 태생의 영화배우이자 뮤지컬배우(1904~1964)
** 오스트리아계 미국인 가수이자 영화배우(1898~1981)

류트를
들고 있는 여자와
그 모습을
바라보는 그의 자매

woman
holding
lute
while her sister
looks on

시샘하는 마음을 품은 여자들
women holding a grudge

이 그림 속 여자들은
나의 시어머니 메리앤, 그리고 그의 쌍둥이 자매 돌리다.
    이들은 태어난 날부터 서로를 미워했다고 말한다면, 부당할까?
    하지만 정말 그랬다.

        메리앤은 돌리가 자기를 어떻게
        배신했는지 자세히 들려주곤 했다. 그래, 배신했다고.

전쟁이 끝난 후, 돌리는 부다페스트에서 메리앤의
통행증을 팔았다(마치 영화 〈카사블랑카〉의 한 장면처럼).
하지만 돌리는 헝가리인이었고, 그래서
        뉘우치지 않았다.
        끄떡없었다.
            사과하지 않았다.

    사과하지 않는 데에는 좋은 점이 있다.

        메리앤은 티보를 낳았다.
        그때 메리앤은 몰랐다. 티보가
        나를 만나고 우리가 사랑에 빠져
        결혼하게 될 거라는 걸. 그리고 내가 자신을 대신해
        그의 애정을 차지할 거라는 걸.
        내 입장에서 열쇠를 쥔 건 그였다.

메리앤과 그의 남편 조지는 성적으로 자유로운
결혼 생활을 했다. 그 점에선 둘 다 방탕했다.
하지만 아무것도 그들을 갈라놓지는 못했다. 그들이
실버타운에서 생애 마지막 몇 해를 보낼 무렵, 메리앤이
그곳에 살던 콘래드와 사랑에 빠지기 전까지는.

그들은 아주 작은 공동체에 살고 있었기 때문에
메리앤은 조지에게 그 사실을 숨기려 애썼다.
메리앤도 그렇게 솔직할 수는 없었다.

어느 날, 콘래드와 메리앤은 파리로 밀회를 떠났다.
조지에겐 캐나다에 있는 돌리를
방문할 거라고 말해두었다.
그리고 그들이 여행을 떠나자마자,
돌리는 조지에게 전화를 걸어 말해주었다.
메리앤이 어디에 없고
어디에 있는지.

메리앤이 있는 곳은
생루이섬의 아름다운 아파트였다.
콘래드는 아침마다 메리앤에게
쟁반에 크루아상과 커피를 담아 가져다주었다.
그건 그들만의 신혼여행이었다.
두 사람은 몽소 공원에 갔다.
니심 드 카몽도 미술관에 갔으며
로맨틱한 저녁 식사를 하러 레스토랑 셰 조르주Chez Georges*에 갔다
(아이러니다).
그 후 그들은 집으로 돌아갔다.

조지는 집을 나갔다.
그는 아흔 살이 다 되었었고
이 로맨스를 참을 수 없었다.
결국, 조지는 메리앤의 품에 안겨 죽었다.
그리고 몇 달 후,
콘래드도 메리앤의 품에 안겨 죽었다.

쉬운 일이 없다.

* 셰 조르주는 '조지의 집'이라는 뜻이다.

셰 조르주에서
큼지막한 리본을 두른 채
립스틱을 바르는 여자

woman holding
lipstick and giant bow
at Chez Georges

간밤의 악몽들로
끔찍한 기분에 사로잡힌 여자

woman holding on to terrible mood
from bad dreams the night before

각양각색 꿈속에서

새들이 내 코에 달라붙었다
혹은 내 목에 꼭 들러붙었다

나는 아주 높은 곳에서 추락했다

현실에서는 절대 그렇게 못할 사람들에게 입을 맞추었다

완전히 통제 불능이 되어 차를 몰았다

캄캄한 밤 차가운 바다 한가운데서
뗏목을 탄 어머니와 헤어졌다

상실, 재앙, 대혼란, 극심한 공포를 겪었다

그리고 그 꿈 때문에 종종 혼란스러웠고
가없는 상실감에 빠졌다

이따금 모든 게
완벽하게 상냥하거나 기분 좋기까지 하다

바이올린을 든 소녀
girl holding violin

튀튀를 입은 소녀
girl holding tutu

인형과 책을 든 소녀

girl holding doll and book

아픈 개를 안고
길을 걷는 여자

woman walking down the street
holding her sick dog

오기를 데리고 있는 줄리

Julie holding Augie

휴고를 데리고 있는 엘리자베스

Elizabeth holding Hugo

엘리자베스와 나는 공원을 걸으며
옷을 입은 개들과 입지 않은 개들을 본다.
나무는 앙상하거나, 잎을 틔우거나, 꽃을 피우고 있다.
체리나무. 라일락. 보리수. 대기를 향기로 가득 채운다.
불쑥 나타났다 차츰 시들어가는 꽃밭들.
늘 변하고 옮겨가는 빛과 그림자.

그리고 걷는 내내, 엄청난 사람들의 행렬.
대부분 딱 한 번 마주친 사람들이다. 종종 보았던 이들도 있다.
키가 크고 호리호리한 철학자들은 보조를 맞춰 걸으며
아이디어를 교환한다.
뒤뚱뒤뚱 걷고 있는 키 작은 쌍둥이들은 렌즈가 콜라병처럼
두꺼운 안경을 쓰고, 길고 곱슬곱슬한 회색빛 머리는
앞가르마를 탔다. 험프티 덤프티처럼 생긴 목소리가 큰 남자는
성큼성큼 빠르게 걸으며 전화에 대고 소리치듯 의견을
말한다. 우리가 돌체라 부르는 상냥한 남자는 늘
모자와 스카프를 하고 완벽한 모습으로 나타나 작은
개를 산책시킨다. 우리는 이리저리 누비고 다니는 이방인이다.
많은 길을 천천히 돌아간다.

하찮은 듯 보이는 뜻밖의 발견이 몹시 만족스럽다.

거대한 체리나무 아래서 분홍 우쿨렐레를 든 여자
woman holding a pink ukulele under a giant cherry tree

모자를 꼭 붙들고 있는
분홍 치마의 여자

woman in pink skirt
holding on to her hat

잔뜩 이고 있는 여자

woman holding up

댄 보라의 루마니아 할머니 에밀리아가
파파나시를 만들려고 거품기를 들고 있다.

Dan Bora's Romanian grandmother, Emilia,
holding a whisk, preparing papanasi.

허드슨강을 헤엄쳐 건너와
빨간 수영모를 들고 있는 여자
woman holding her red cap after
swimming across the Hudson River

낚시용 지렁이 통을 들고 있는 매력적인 여자

glamorous woman holding a can of worms

허리께에 손을 올린 여자
woman holding her hip

악의를
가진 여자들과
피아노를 치는 나

women holding
malicious opinions
while I play the piano

왼쪽 여자는
틸레 이모다
(콧수염이 난 치과의사).

오른쪽 여자는
핍케 이모다
(정말이지 쓴 알약 같은 사람).

핍케 이모에겐 악의가
너무 많았다.
그는 한 번 더 생각하는 법이
없었다.
사실, 그게 이모의
큰 기쁨이었겠다 싶다.

악의로 말할 것 같으면,
E.F. 벤슨은 맵과 루시아라는 인물이 등장하는
소설 시리즈를 썼다. 두 여성은 양차 대전 사이
잉글랜드의 작고 고풍스러운 마을에 살던 라이벌이다.
벤슨은 당신과 나의 삶을 반영하여
인물들의 행동과 처신을 신랄하고 빈틈없이 묘사한다.
몹시 우습게.

이건 벤슨의 정원에 딸린 방이다.
2차 세계대전 때 독일의 폭격으로 파괴되었다.

    베히슈타인 피아노는 확실히 수리가 불가능해 보인다.
    라디에이터는 꿋꿋하고 튼튼하게 서 있다.
    하지만 의자는 필사적으로 버티고 있다.
    의자에게 무슨 일이 있었는지 나는 모른다.
    하지만 추측은 할 수 있다.

나는 사물들과 그것들이 들려주는 이야기를 정말로 사랑한다.
        내가 어떤 의자를, 가령 핍케 이모만큼,
        또는 이모보다 더 사랑할 수 있다면,
        그건 그 의자에 대해 무엇을 말해줄까?

                혹은 핍케에 대해,
                혹은 가족에 대해,
                혹은 사랑에 대해?

편지를 든 남자 뒤에 서 있는 여자
woman standing behind a man holding a letter

늘 이랬던 거 아닐까?
여자를 자기 뒤에 두는 남자.

이 경우엔, 뛰어나고 격정적인
지휘자 아르투로 토스카니니와 그의 딸 완다다.
그들의 푸들도 함께인데, 이름은 모르겠다.

완다는 오페라 가수가 되고 싶어했다.
그러나 토스카니니는 완다의 노래를 견딜 수 없었다.
그래서 노래를 금지했다.
대신, 완다는 어머니가 아버지를 돌보는 걸
도왔다. 그의 아버진 방탕했고 연애사가 대단했다.

결국,
완다는 블라디미르 호로비츠와 결혼했다.
뛰어난 재능을 지닌 그 복잡한 피아니스트와.
지금 그림 속에는 푸들이 두 마리,
그리고 돌보는 게 불가능한 두 남자.
흥미로운 삶이었을지도 모르겠다.

그래도 그렇지.

가까스로 정신을 붙들고 있는
버지니아 울프

Virginia Woolf
barely holding it together

역사에 책임을 묻는
샐리 헤밍스.*

왜 그런지 모르겠지만,
그는 내 어머니를 떠올리게 한다.

Sally Hemings
holding history accountable.

I don't know why,
but she reminds me of my mother.

* 미국 제3대 대통령 토머스 제퍼슨의 노예이자 정부.

자매를 안고 있는 나의 어머니
불행하게 끝날 그의 결혼식 날

my mother holding her sister
the day of her ill-fated marriage

어머니는 우리에게 묻곤 했다.
"가장 중요한 게 뭐지?"
우린 정답이 시간이란 걸 알고 있었다.

    어머니가 불행한 결혼 생활에 너무 많은
    시간을 허비했다고 말할 수도 있을 것이다.
    하지만 얼마만큼 불행했을까? 셰익스피어적인 수준으로?
    흔해 빠진 정도로? 알 수 없다.
    어머니는 더 이상 살아계시지 않기 때문에 여쭤볼 수 없다.
    하지만 어머니는 결국 아버지를 떠났고
    자신의 시간을 찾았다.

    그런 시간을 찾는 게 우리가 원하는 전부다.
    당신은 시간을 찾자마자 더 많은 시간을 원할 것이다.
    그리고 그 시간 사이에 더 많은 시간을.
    충분한 시간이란 결코 없을 것이다.
    그리고 절대 붙들고 있을 수도 없다.

    너무나 이상하다.
    우리는 살아간다. 그런 다음 우리는 죽는다.
    뭐라 말할 수 없을 정도로 이상하다.

아버지에 대해서 한마디.

    그의 이름은 페사흐.
    아버지는 벨라루스의 볼로진이라는 작은 마을 출신이다.
    아버지의 가족은 포목점을 운영했고 부유했다.
    전쟁 전에 아버지는 두 형제와 함께 팔레스타인으로 갔고
    나머지 가족은 벨라루스에 머물렀다.

무슨 일이 일어났는지는 물론, 당신도 알 것이다.
이미 천 번도 더 들었을 것이다.
그들은 다 죽었다.
총에 맞아 공동묘지에 버려졌다.

        내 사촌들과 나는 그 작은 마을을
        방문했다. 나는 그걸
        더는 그곳에 없는 것을 방문하는 여행이라 불렀다.

아버진 뭘 가지고 있었을까?

    그는 나를 안고 있었다.
    그는 자기가 약속한 건 다 했다.
    그가 모든 비용을 댔다.
    우리는 잘 먹었고 잘 입었다.
    여행도 잘 다녔다.
    나는 무용 레슨과 피아노 레슨을 받았다.
    그는 나를 데리고 스케이트장에 갔다.

    그 밖에 그는 뭘 가지고 있었나?
    가족을 잃은 비통함.
    어쩌면 그 비통함이 그를
    이상하고 부조리한 세계로 이끌었을지도 모른다.
    그는 방탕했다. 많이.
    그는 점점 더 멀어졌다.
    의심이 많아졌고, 화가 났고, 상처를 받았다.

그는 무엇을 갖지 못했나? 말하려니 슬프지만,
내가 나이를 먹어가면서, 나의 사랑과 이해였다.

    어쩌면, 아버지가 죽은 지 여러 해가 지난 지금은
    그가 더 나은 대접을 받아야 했다고 말할 수 있을지도 모른다.
    그는 나름대로 최선을 다했다고. 하지만 지금에서야, 말은 쉽지.

                                      (그런데, 나 어렸을 땐 이 사진을 보면서
                                      아버지 다리가 한쪽밖에 없다고 확신했다.
                                      그러니 내가 과연 믿을 만한 사람일까?)

마이라를 안고 있는 페사흐
Pesach holding Maira

우리는 레닌이라 불리는 어머니가 살던 마을에도 갔다.
이건 1931년의 어머니 가족이다. 그들도 무언갈 갖고 있길
좋아했다. 아우슈비츠에서 절반이 죽기 전에는.

We also went to my mother's village called Lenin. Here is the family in 1931. They also loved holding things before half of them perished in Auschwitz.

여행 중에 우리는 슬루치강 옆에 멈춰 섰다.
어머니가 그 강에 빠졌을 때,
어머니의 할아버지가 구해주었다.
그는 180센티미터의 수염을 강물에 던졌고,
어머닌 수염을 움켜잡았다.

하지만 당신은 이 이야기를 전에도
천 번은 들었겠지.

On the trip we stood next to the
river Sluch, where my mother,
who was drowning, was saved by
her grandfather when he threw
his six-foot-long beard into the
river and she grabbed hold.

But you have heard this story
a thousand times before.

홀로코스트를 직접 겪으면,
결코 거기서 헤어나올 수 없다.
어쩔 수 없이 남은 생애 동안
그것이 모든 것에서 울려 퍼지는 걸 느끼게 된다.

If you meet the Holocaust, you can never
escape its grip. You are obliged to feel it
reverberate through all things
for the rest of your life.

나치 군인들에게 피살될 때
아이의 손을 잡고 있는 엄마

mother holding the hand of her child
as they are being killed by Nazi soldiers

테러는 온 세계에 존재한다.
그리고 우리는 부상을 당한다.

절대 두려워할 일이 없다면 정말 좋겠지.
그러나 그것이 가능하지 않다는 게 두렵다.

The terrors of the world exist.
And we are wounded.

It would be so nice to never be afraid.
But I am afraid that is just not possible.

닮은 눈썹을 가진 여자들

women holding

eyebrows in common

굳세게 버티는
나탈리아 긴츠부르그*

* 이탈리아의 소설가(1916~1991)

Natalia Ginzburg,
holding strong

병든 시인 레이첼 블루슈타인*
갈릴리호 부근에서
지팡이를 짚고 있다

ill poet Rachel Bluwstein
holding her cane
near the Sea of Galilee

* 주로 서정시를 쓴 러시아 태생 이스라엘 시인(1890~1931)

월계관을 쓴
메데이아 역의 로즈 매클렌던*

Rose McClendon as Medea
holding laurel wreath

* 브로드웨이 연극배우이자 감독(1884~1936)

자신의 꿈속에서
높이 솟아올라
바다 위
하늘에서 헤엄치는
내 사촌 아이리스

my cousin Iris,
in her dream,
holding herself up,
swimming in the sky
over the ocean

과일들과 잼

나는 많은 시간을 홀로 보낸다.
그게 내가 일하는 방식이다.
때로 춤을 춘다. 때로는 노래를 부른다.
하지만 대부분 조용히 지낸다.

때로는 느닷없이
크게 소리를 지른다. 있는 힘껏. 영문을 알 수 없이.

    예를 들면,

        "자기, 8시엔 안 돼!"
        "사과들이 있어! 하하!"
        "그러니까, 그 남잔 정말이지 죽어야 해!"
        "그 여자가 직접 말하는 걸 듣고 싶어!"
        "그 남자에게 그렇게 소리쳐 봐! 이 가련하고 후줄근한 영혼아!"
        "과일들과 잼!"

    그렇게 하루를 보내고 적어둔다.

        다른 사람들과 같이 있을 때는
        종종 말할 거리가 바닥난다.
            그리고 늘 함께 드는 생각은
                내가 말한 모든 게 후회된다는 것.

내가 자기 경멸에 빠졌다고 말할 수도 있겠지. 하지만 그 느낌은 지나간다.
그리고 나는 다시 말하기 시작한다. 영문을 알 수 없이.

우리 가족은 아이디어를
주고받으며 지식을 나누는 실질적인
대화를 한 적이 없었다.

모든 걸 불쑥 내뱉거나,
        웅얼거리거나,
        수군거리거나,
        고함을 쳤다.

어떤 것도 의미가 통하질 않았고
누구도 다른 사람을 이해하지 못했다.
그런데도 어떻게든 줄곧
서로의 기분을 상하게 했다.

우린 서로에게 무슨 말을 했던 걸까?
정말이지 모르겠다.
어떻게 우리가 그 시절을 보냈는지 알 수가 없다.

하지만 어떤 면에서는, 이러한 소통의 결핍이
진정한 소통처럼 느껴지기도 한다.
어쨌든
나는 이런 식으로 생각하게 되었다.

내가 덧붙일 수 있는 것은
지독히 길었던 남편의 투병 생활 끝 무렵엔
우리가 서로의 문장을
이해하기를 그만두었다는 점이다.

자기 딸 올리브와 에즈미를 위해
생일 케이크를 들고 있는 내 딸 룰루

my daughter Lulu holding a birthday cake
for her daughters Olive and Esme

탁자를 잡고 있는 에즈미
Esme holding table

바구니를 들고 있는 올리브

Olive holding basket

어깨 위에
세상의 무게를 짊어진
나의 할머니(진주 목걸이를 했다)
그의 다리는 나무둥치만큼 두껍다

my grandmother (in pearls)
holding the weight of the world
on her shoulders
her legs as big as tree trunks

감자들

우리 할머니는 고아였다. 할머니는 한 남자와 사랑에 빠졌고 그와 결혼하고 싶었으나, 남자의 부모는 할머니가 탐탁지 않다고 생각해 대신 그의 동생을 주선했다.
할머니는 그 동생과 결혼했다. 그리고 그가 우리 할아버지다.

우리 할아버지는 그의 형만큼 교활하지도 출세하지도 못했다. 그는 매일 기도를 드리는 독실한 사람이었다. 우리는 그를 사랑했다. 그가 내게 말을 건 적이 있는지 모르겠다. 단 한 마디도 기억나지 않는다. 하지만 그는 다정한 얼굴로 아주 높은 곳에서 나를 내려다보았다. 아니면 내가 너무 작았거나. 나는 너무 작았다.

할아버지는 흰색 셔츠와 검정 바지만 입었다. 일할 때가 아니라면. 일할 땐 흰색 셔츠와 카기색 바지를 입었다. 그는 결국 형을 위해 일했다. 그의 형은 그에게 돌아가야 할 수입을 떼먹었던 것 같다. 그 점에 대해서는 가족들끼리 다소 논란이 있다.

할아버지는 감자를 좋아했다. 의사가 안 된다고 했는데도. 할아버진 감자를 슬쩍 가져가 삶다가 냄비를 태웠고 할머니에게 발각되어 모두가 알게 되었다.

우리 할머니는 늘 땀에 젖어 계셨고 항상 궁지에 몰린 것 같았다. 아마도 자기가 사랑한 남자와 결혼하지 못했기 때문일 것이다. 할머니는 늘 초췌하고 심란해 보였다. 하지만 우리는 두말없이 그를 사랑했다. 나도 때로는 초췌해 보인다.
마음에 들진 않지만 피할 수 없는 일이다.

남자들에 관해 말하자면,
여기 그들이 있다.
그리고 그게
나쁘진 않다.

Speaking of men,
they are here.
And that is
not a bad thing.

녹색 쓰레받기 아래에 서 있는 알렉스
상자를 든 여자를 그린 그림을 들고 있다

Alex standing under a green dustpan
holding a painting of a woman holding a box

N 926

D13 {1, 2, 3, 4, 5, 6,

1, 2, 3, 4, 5, 6, 7, 8,

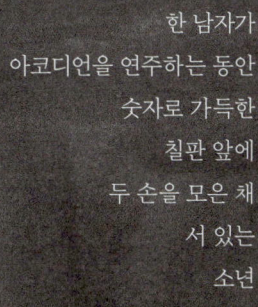

한 남자가
아코디언을 연주하는 동안
숫자로 가득한
칠판 앞에
두 손을 모은 채
서 있는
소년

boy standing
in front of a
blackboard
full of numbers
holding his hands
while a man
plays the accordion

몸이 안 좋은
사랑하는 손주를 위해
아주 신선하고 맛 좋은 달걀을 골라
작은 양동이에 들고 가는 남자

man holding a little bucket carrying
very delicate and fresh eggs
for his dear grandchild
who has not been well

뒷짐을 진 릴케

Rilke holding his hands behind his back

주머니에 손을 넣은 체호프
Chekhov holding his hand in his pocket

세상 모든 색을 다 가진 보나르*

Bonnard holding all the colors on earth

* 피에르 보나르(1867~1947). 관능적이고 몽환적인 색채가 돋보이는 그림을 그린 프랑스의 화가

우린 여자들에 대해 이야기했다.
남자들에 대해서도 짧게 이야기했고.

이제 무언가를 담고 있는 사물에 대해
몇 마디 하겠다.

모든 사물은 무언가를 담고 있다.

We have talked of women.
And we have talked of men, briefly.

And now a few words on
things holding things.

Everything holds something.

의자는 모자를 담을 수 있다.

A chair can hold a hat.

혹은 쓰레기가 될 운명의 판자 더미를
Or a pile of planks destined for the trash

혹은 수북한 라즈베리색 테슬 쿠션을.
or the plumpest raspberry tassels.

탁자는 장식 덮개를 담을 수 있다.

A table can hold a doily.

세면대는 비누를 담을 수 있고.

A sink can hold soap.

방은 침대를 담을 수 있다.

A room can hold a bed.

침대는 이디스*라는 여자를
담을 수 있다.

A bed can hold a woman
named Edith.

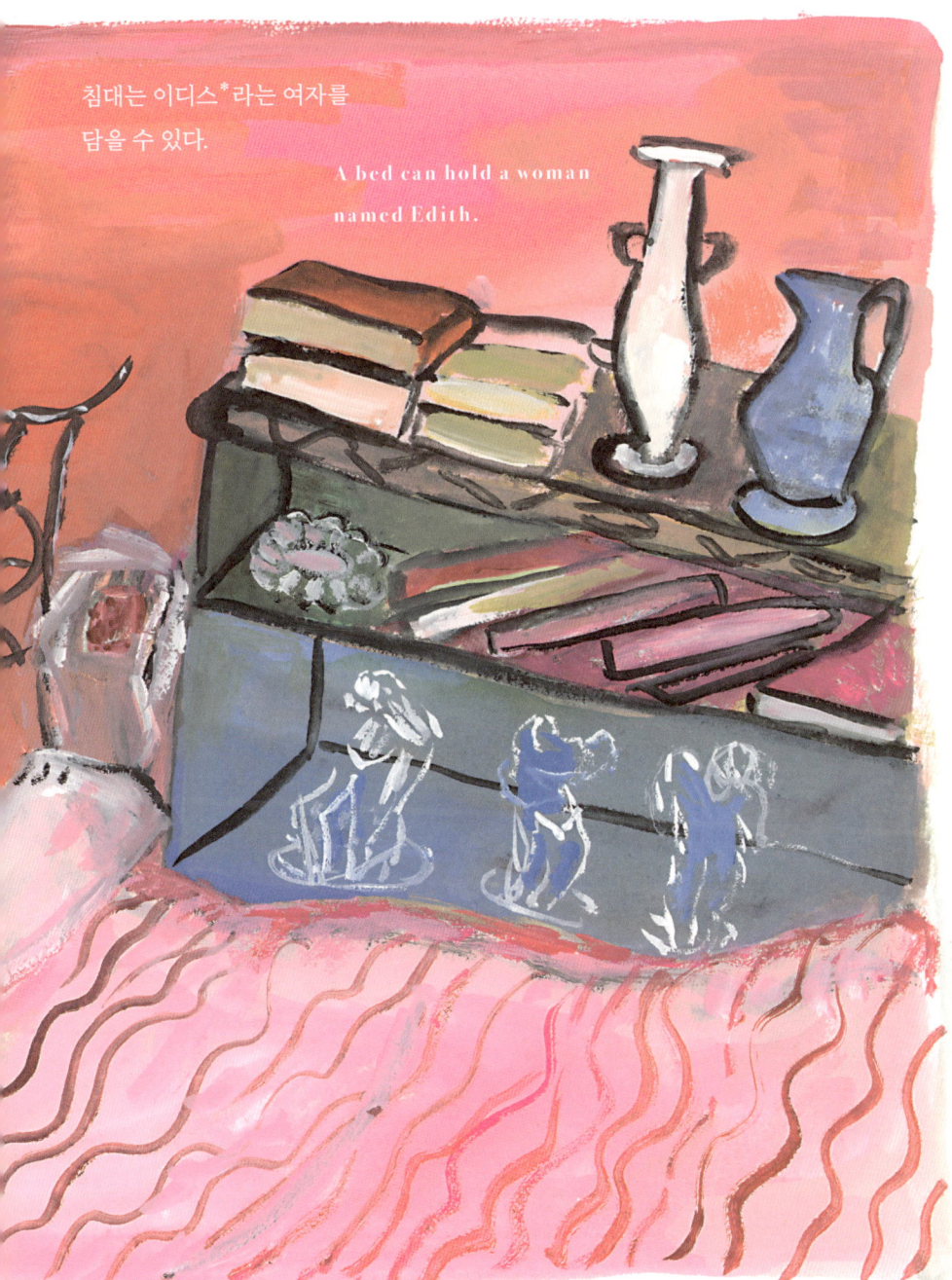

* 이디스 시트웰

혹은 앙리*라는
남자를.

* 앙리 마티스(1869~1954). 프랑스의 야수파 화가

Or a man named Henri.

그리고 꽃병은 꽃을 담을 수 있다.
And a vase can hold flowers.

우리 주변의 것들은
우리의 관심과 사랑을 담고 있다.

모든 걸 갖는 건
힘든 일이며
결코 끝나지 않는다.

Objects around us hold
our attention and our love.

It is hard work
to hold everything
and it never ends.

당신은 어떤 것을 가졌다가 기진맥진하고
낙담할 수 있다. 그리고 감정이 차오를 때면
눈물을 흘리기도 한다.
누구든 어떤 날에든 그럴 수 있다.
그럴 만한 이유가 있으니까.

You may be exhausted from holding things
and be disheartened. And even weep if
you are very emotional. Which could be
anyone on any day. With good reason.

하지만 그러고 나면 다음 순간이 있다.
그리고 다음 날, 그리고…

But then there is the next moment
and the next day and

꼭 버티세요

hold on

모든 것을 가진
룰루와 알렉스에게
for lulu and alex
who hold everything

옮긴이의 말

의심을 넘어 나아가기

이 책을 번역하면서 플로베르의 말을 자주 떠올렸다. 그는 여성 시인 루이즈 콜레에게 보낸 편지에서 이렇게 썼다. "하지만 따지고 보면 나를 괴롭히는 뭔가가 있는데, 그것은 내가 나의 크기를 모른다는 것이지. 스스로 아주 차분하다고 생각하는 이 자는 자신에 대한 의심으로 가득해. 그는 어느 정도까지 당길 수 있을지, 그리고 그의 근육의 정확한 힘을 알고 싶은 거야."

생각해보면, 열일곱 살 때부터 지금까지 나도 줄곧 그랬다. 항상 나의 재능과 힘을 의심하면서 내가 얼마나 할 수 있고 또 어디까지 갈 수 있는지 궁금해했다. 나는 무엇을 가질 수 있을지, 무엇을 담을 수 있을지, 세상을 얼마나 힘껏 껴안을 수 있을지 알고 싶었다. 내 반대편의 사람들뿐만 아니라 내가 사랑하는 이들이 내게 부과한 무게를 감당하며 얼마만큼 더 나아갈 수 있을지 정말 알고 싶었다.

그런 것들을 알기 위해서는 가만히 있어선 안 된다. 바르트는 문학에는 검력계檢力計가 없다고 말했다. 그래서 작가들은 일기든 메모든 졸작이든 끊임없이 쓴다. 그래야만 문장의 힘으로 세계와 타인을 어느 정도까지 끌어당길 수 있는지 가늠할 수 있기 때문이다. 삶에도 검력계가 없다. 삶을 자신이 원하는 방향으로 얼마만큼 끌어당길 수 있는지는 사랑과 열정을 가지고 스스로 해보는 만큼만 알 수 있다.

확실히 의심은 쉽고 확신은 어렵다. 의심으로 마음이 출렁일 때, 이 책이 도움이 될 것이다. 마이라 칼만은 강렬한 그림과 간결한 문장으로, 온 힘을 다해 자신이 할 수 있는 일을 했던 여자들의 목록을 전한다. 그 목록에는 거트루드 스타인, 이디스 시트웰, 버지니아 울프, 궁정을 장악한 여왕 마틸다, 루이즈 부르주아, 키키 스미스처럼 예술과 역사 속에 기입된 여자들이 있다. 하지만 더 인상적인 것은 그 밖의 여자들이다. 칼만은 길과 공원과 시장에서 마주친 여자들, 그리고 자기 엄마와 할머니가 '가진' 것들에 대해 쓴다. 물론 그것들이 다 좋기만 한 것은 아니다. 여자들은 사랑과 다정함, 기쁨과 긍지뿐만 아니라 고통, 상처, 신경증, 증오와 분노를 가지고 있다. 그러나 그건 그들이 소망하고 싸우며 버티고 있다는 증거다. 그래서 우리는 의기양양한 여자, 무력한 여자, 환호하는 여자, 분노하는 여자 모두와 함께 나아갈 수 있다.

진은영(시인)

지은이

마이라 칼만 Maira Kalman

세계적인 작가이자 일러스트레이터, 디자이너. 메트로폴리탄 미술관 등 전 세계의 미술관에서 전시회를 열었으며, 어른과 어린이를 위한 30권이 넘는 책을 그리고 썼다. 2008년에는 평생의 공로를 인정받아 앤디 워홀, 이세이 미야케가 이름을 올린 뉴욕 아트디렉터스클럽 명예의 전당에 올랐으며, 2017년에는 "스토리텔링, 일러스트레이션, 디자인 모두에서 탁월한 경지를 이뤘다"는 평가와 함께 그 세대의 가장 뛰어난 예술가에게 수상하는 미국 그래픽 아트협회AIGA 메달을 받았다. 1999년부터 수많은 《뉴요커》 매거진의 표지 그림을 그렸고, 《뉴욕 타임스》에서 장기간 독보적인 스타일의 일러스트 칼럼을 장기간 연재하며 '뉴욕이 가장 사랑하는 예술가'가 되었다. 1949년생으로 올해 75세가 되었지만, 그 어느 때보다 왕성한 창작 활동을 펼치며 뉴요커 예술가로 살고 있다.

뉴욕대학교에서 영문학을 공부했으며, 이곳에서 작고한 남편이자 20세기 가장 혁신적인 디자이너 중 하나로 손꼽히는 티보 칼만을 만났다. 마이라는 티보 칼만이 설립한 전설적인 디자인 스튜디오 M&co.에서 함께 작업했으며, 두 사람이 함께 만든 디자인 컬렉션은 현재 뉴욕 현대미술관MoMA이 영구 소장하고 있다. 마이라 칼만은 아이들을 낳은 뒤 처음으로 어린이를 위한 그림책을 쓰기 시작했다. 티보 칼만이 49세라는 이른 나이에 세상을 떠난 뒤에는 글쓰기에 더욱 몰두해 많은 책을 펴냈다.

소니, 맥, 케이트 스페이드 등과 디자인 콜라보 작업을 했으며, 테드TED에서 여러 차례 삶과 작품에 관해 이야기했다. 쿠퍼 휴이트 스미소니언 국립 디자인 뮤지엄 어워즈 파이널리스트에 두 차례 올랐으며, 세계적인 그림책 어워즈인 보스턴 글로브혼 북 어워즈, 마이클 프린츠 어워즈에서 명예상을 수상했다.

지은 책으로 《뉴욕 타임스》 '올해 최고의 아트북,' '가장 주목할만한 책'으로 선정된 『불확실성의 원칙The Principle of Uncertainty』과 『내가 가장 좋아하는 것들My Favorite Things』, 어린이를 위한 그림책 『파이어보트Fireboat』 외 다수가 있다. 1,000만 부 이상 판매된 세계적 베스트셀러 『글쓰기의 요소The Elements of Style』의 일러스트 에디션을 만들기도 했다. 『마이라 칼만, 우리가 인생에서 가진 것들』은 2022년 《뉴욕 타임스》 '최고의 아트북'으로 선정되었으며, 국내에 출간되는 마이라 칼만의 첫 책이다.

옮긴이

진은영

2000년 《문학과 사회》 봄호로 등단했다. 시집 『일곱 개의 단어로 된 사전』 『우리는 매일매일』 『훔쳐가는 노래』 『나는 오래된 거리처럼 너를 사랑하고』를 출간했고 대산문학상, 현대문학상, 천상병 시문학상, 백석문학상 등을 받았다. 실비아 플라스의 소설 『메리 벤투라와 아홉 번째 왕국』과 시집 『에어리얼』을 우리말로 옮겼다. 조선대학교 문예창작학과에서 시를 가르치고 있다.

WOMEN HOLDING THINGS

Text and art
© 2022 Maira Kalman

Edit and design
Alex Kalman
All rights reserved.

Korean translation copyright © 2025 by Will Books Publishing Co.
Published by arrangement with Harper, an imprint of HarperCollins Publishers
through EYA Co.,Ltd.

이 책의 한국어판 저작권은 EYA Co.,Ltd를 통해
Harper, an imprint of HarperCollins Publishers 사와 독점계약한 (주)윌북에 있습니다.
저작권법에 의하여 한국 내에서 보호를 받는 저작물이므로
무단전재 및 복제를 금합니다.

마이라 칼만, 우리가 인생에서 가진 것들

펴낸날 초판 1쇄 2025년 1월 10일
초판 3쇄 2025년 6월 20일

지은이 마이라 칼만

옮긴이 진은영

펴낸이 이주애, 홍영완

편집장 최혜리

편집2팀 홍은비, 박효주, 송현근

편집 김하영, 강민우, 한수정, 안형욱, 김혜원, 이소연, 최서영, 이은일

디자인 김주연, 기조숙, 윤소정, 박정원, 박소현

마케팅 김태윤, 김민준

홍보 백지혜, 김준영

콘텐츠 양혜영, 이태은, 조유진

해외기획 정미현, 정수림

펴낸곳 (주)윌북 출판등록 제2006-000017호

주소 10881 경기도 파주시 광인사길 217

홈페이지 willbookspub.com

전화 031-955-3777 팩스 031-955-3778

블로그 blog.naver.com/willbooks

트위터 @onwillbooks 인스타그램 @willbooks_pub

ISBN 979-11-5581-731-5 (03840)

- 책값은 뒤표지에 있습니다.
- 잘못 만들어진 책은 구입하신 서점에서 바꿔드립니다.
- 이 책의 내용은 저작권자의 허락 없이 AI 트레이닝에 사용할 수 없습니다.

월북아트는 월북의 예술 교양서 브랜드입니다

Maira Kalman